호떡의 비밀

글 박건영 · 그림 김소연

코이북스

추운 겨울이 왔어요.
민지와 엄마는 하천으로 산책을
다녀오고 있어요.
시냇물은 쓸쓸하고도 차갑게
졸졸 흘렀어요.

꽁꽁 싸맨 옷 사이로 찬바람이
쓱싹쓱싹 들어와요.

집으로 돌아오는 길, 어디선가 따뜻하고 달콤한 냄새가 났어요.
엄마는 민지의 손을 잡고 냄새가 나는 곳으로 이끌려 갔어요.
작은 천막이에요.

천막 안은 따수운 김이

모락모락 피어나며

엄마와 민지를 따뜻하게 맞아줬어요.

그곳에는

하얀 머리 할머니가

허연버터를 녹이며

하이얀 반죽을

썩뚝썩뚝 띄어내

철판 위에서 지지고 있었어요.

바로 뜨끈한 호떡이었요.

엄마는 호떡을 두 개 주문했어요.

쫄깃쫄깃
맛있는
호떡
눈사람 식품
서해안 멸치
설탕
행운의 오뎅
쭈우우욱
지글지글
치이이익~
짜르르르~

민지는 목도리를
둘둘 풀어
외투 주머니에 쑤셔 넣고
반대쪽 주머니엔
장갑을 벗어 넣었어요.

그러고는 호떡을 후후 불며
'옴뇸뇸뇸'
야무지게 뜯어먹기 시작했어요.

쫄깃쫄깃 테두리를 먹다보니
달콤한 꿀이 주르륵 흘러 내려요.

민지는 **'아뜨뜨'** 하면서도
호떡을 놓지 못했어요.

'얌냠냠냠'

앗뜨
앗뜨
후후~

입안 가득 호떡을 **우물우물**하며 민지가 물었어요.
"엄마 호떡은 어떻게 만들어진 거야?"
어느 사이 호떡을 다 먹은 엄마가 어묵 국물을
홀짝홀짝 마시며 "음…" 하고 생각했어요.

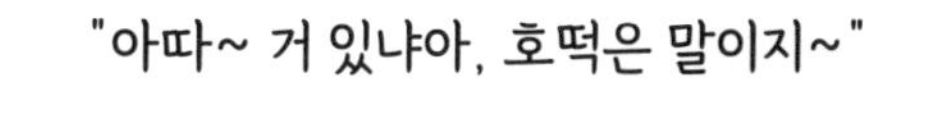

"아따~ 거 있냐아, 호떡은 말이지~"

호떡 누르개로 버터 칠 된 철판을 휘휘 젓던 호떡 할머니가
민지를 보더니 미소 지었어요.
그리고는 재밌는 말투로 이야기를 시작했어요.

냠냠
쩝쩝
와구와구
天下
와아아앙
옴뇸뇸뇸
꿀떡꿀떡

옛날 옛날에 떡 좋아하는 어린 호랑이가 살았는디…
이 놈의 호랑이가 글쎄, 욕심이 얼마나 많은지 자기가 만든 떡을
다 먹고 나면 이 마을 저 마을 돌아댕김시롱 심술을 부리는 거여.
남의 떡을 뺏어 먹기도 하고 훔쳐 먹기도 하는 거지.

좋아하는 떡이 마을마다 있었는디…
이 마을 **가래떡**, 저 마을 **쑥떡**, 그 마을 **바람떡**,
남쪽 들 마을 **호박 인절미**, 북쪽 산 마을 **찹쌀떡**,
추석엔 **송편**, 돌잔치엔 **백설기**, 동지엔 **팥 시루떡**…
셀 수 없이 많았당께~

아! '곶감 마을' 꿀떡도 좋아했는디 하필 그날이 곶감 마을 잔칫날이었지.
호랑이는 밤에 산에서 몰래 내려와 마을 이곳저곳을 돌아다니며
달콤한 꿀떡을 홀랑홀랑 훔쳐 먹었어.

하나 둘. **홀랑홀랑**. 하나 둘. **꿀떡꿀떡.**
목구멍으로 넘어가는 것이 고거 참 꿀맛이었지.
그런데 그날따라 떡을 너무 많이 먹어서인지 호랑이 배가 살살 아파오기 시작했어.
"아이구 배야, 아이구 배야" 하며 볼 일 볼 장소를 찾았지.

호랑이는 어느 집 담벼락 밑에서 똥을 싸기 시작하는데

'푸왁!' '쿠구쿠구쿵!' '푸왁!'

방귀 소리랑 똥 싸는 소리가 얼마나 컸는지

천둥 번개 치는 소리와 맞먹었어.

큰 산처럼 으마으마한 똥을 싸자 호랑이는 뱃속이 다시 편안해졌지.
바로 그때 호랑이에게 골탕먹었던 온 마을 사람들이

"와아아~~~!!!"

소리 지르며, 호랑이를 잡으러 왔어.
호랑이 똥 방귀 소리가 얼마나 컸는지 마을 사람 모두 호랑이가
어딨는지 단박에 알 수 있었던게지.

햇님아 저기 있다!!
왕
슈
어디 어디?
와아아
내 팥죽으로도 성이 안차느냐!
고얀 놈~
떡도둑!!! 잡아라
저 욕심쟁이 잡아라!
밧줄로 꽁꽁 묶을테다!
어디보자
호랑이가 뭘 무서워 하는지 볼까?
아이고오 같이 가자구요오~
둘째의 힘도!!
셋째의 재치는?!
핫둘
핫둘
핫둘
달려보자~

사람들이 쫓아오는 소리에 화들짝 놀란
호랑이는 서둘러 도망치려 했어.

그런데 그만 발이 미끄러져서 자기 똥에
철푸덕 엉덩방아를 찧고 말았지.

그때 호랑이 똥이
둥글고 넓적해지고 단단해져부렀지.

호랑이는 온 몸에 똥칠을 한 게
너무 부끄러워서
뒤도 안돌아보고 도망갔어.

그 이후로 호랑이는
곶감이란 말만 들어도 무서워하게 됐지.

마을 사람들은 떡 도둑 호랑이를 잡지 못해 아쉬워하며 호랑이가 남기고 간 것을 바라봤어.
호랑이가 똥 싸는 모습을 보지 못한 사람들은 그게 호랑이 똥인지 뭔인지 알 수가 없었어.

호랑이 똥에서는 모락모락 김이 나고
달짝지근한 향이 났어.
곶감 마을 사람들은 "이게 뭐지?" 하며 호랑이 똥을
손으로 푹 찢어 맛을 봤지.

아따~ 그것은 세상 뜨끈뜨끈하고
쫄깃쫄깃하고 달콤했어!

아 글쎄, 호랑이가 세상에 맛있는
떡이란 떡은 얼마나 많이 먹고 다녔는지
호랑이 똥도 얼마나 맛있었게?!

마을 사람들은 호랑이가 떡을 훔쳐 먹은 것이 미안해서
선물을 주고 간 거라 생각했어. 그 뒤 곶감 마을 사람들은
호랑이 똥처럼 생긴 떡을 만들어 나눠 먹었어.
마을 사람들은 호랑이에게도 떡을 나눠줬어.

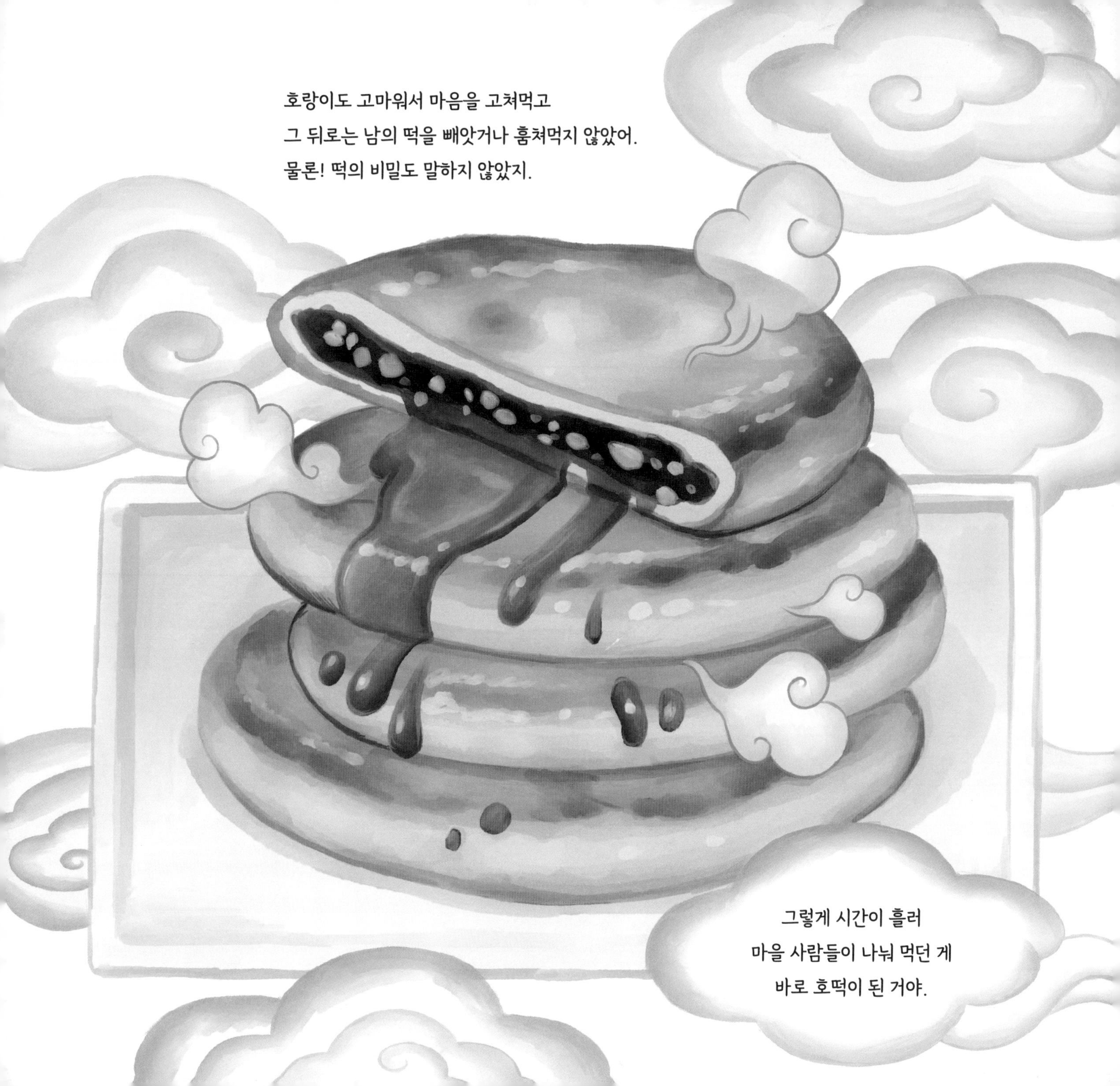
호랑이도 고마워서 마음을 고쳐먹고
그 뒤로는 남의 떡을 빼앗거나 훔쳐먹지 않았어.
물론! 떡의 비밀도 말하지 않았지.
그렇게 시간이 흘러
마을 사람들이 나눠 먹던 게
바로 호떡이 된 거야.

할머니가 이야기를 마치자
민지의 두 눈이 크고 동그래졌어요.

"우웩! 호떡이 호랑이 똥떡이었어?!
엄마 근데 나 호떡 하나 더 먹어도 돼?"

떡
너네는 지치지도 않
헉헉

민지가 엄마를 바라봤어요.

엄마는 이미 호떡을 하나 더 **'얌얌'** 먹고 있었어요.
엄마는 민지를 바라보며 눈웃음을 짓고는 고개를 끄덕였어요.

민지는 쓸쓸했던 겨울이 좋아지기 시작했어요.

작가의 말

글 박건영

어릴 때 읽고, 머릿속에서 잊혀지지 않는 이야기가 있어요.
어린 아이를 잡아먹으려던 호랑이들이 있었죠. 아이는 나무 위로 도망쳤어요.
그런데 호랑이들은 아이가 나무 위로 올라간 줄도 모르고, 나무 주위를 너무나도
빨리 빙글빙글 돌다가 결국 녹아버려 버터가 되고 말았어요.
아이의 가족은 그 버터로 팬케이크를 만들어 먹었다는 이야기였죠.

그 뒤 부터 <호떡의 비밀>이 제 뱃속에서 조금씩 자라나지 않았을까 생각해요.
어쩌면 그때, 그 호랑이들이 안타까웠을까요?
이번엔 호랑이랑 우리 사이가 조금은 더 좋아졌으면 하는 마음이 들었나봐요.
다시 한번, 김소연 작가님께 이렇게 맛있는 이야기를 세상에 그려주셔서
감사하다는 말씀을 전하고 싶습니다. 어릴 적 이야기가 제 마음속에서
자라난 것처럼, 작가님의 그림도 오래도록 마음 속에서 자라날 것 같아요.

그림 김소연

추운 겨울 김이 호호나는 호떡을 한 입 물고 있으면 그 순간만큼은
겨울이 그리 춥지않게 느껴지는 것처럼 이 책을 맛있게 읽어줄 어린 친구들에게
따뜻한 겨울로 기억되는 책이 되길 바랍니다.
다시 한번 부족한 저와 함께 해주신 박건영 작가님께 깊은 감사를 드립니다.